Liebesgrüße aus New York

Erzählungen zu Weihnachten

AF272126

Ines Stickler, Jahrgang 1972, lebt als Autorin nahe Frankfurt am Main. Die preisgekrönte Journalistin war sechs Jahre lang Redakteurin einer großen deutschen Tageszeitung; unter anderem arbeitete sie auch in New York als Guest Editor. Mit „Liebesgrüße aus New York" legt sie nun ihr erstes Buch vor.

Ines Stickler

Liebesgrüße aus New York
Erzählungen zu Weihnachten

Originalausgabe
© Herausgeberin und Autorin: Ines Müller-Stickler, Kahl 2004

Alle Rechte liegen bei der Herausgeberin

Gestaltung und Redaktion: IMS Journalistenbüro (ims-jb@web.de)
Umschlagfoto: NYC + Company
Herstellung und Verlag: Books on Demand GmbH, Norderstedt

Bibliographische Information der Deutschen Bibliothek:
Die Deutsche Bibliothek verzeichnet diese Publikation in der Deutschen
Nationalbibliographie. Detaillierte bibliographische Daten sind im Internet unter
http://dnb.ddb.de abrufbar.

Liebesgrüße aus New York
Erzählungen zu Weihnachten
Printed in Germany
ISBN 3-8334-2027-8

„Cristtag früh. Es ist noch Nacht lieber Kestner, ich binn aufgestanden um bey Lichte Morgens wieder zu schreiben, das mir angenehme Erinnerungen voriger Zeiten zurückruft; ich habe mir Coffee machen lassen den Festtag zu ehren [...]. Ich hab diese Zeit des Jahrs gar lieb, die Lieder die man singt; und die Kälte die eingefallen ist macht mich vollends vergnügt. [...]"

Johann Wolfgang von Goethe an J.C.Kestner,
Frankfurt, 25. Dezember 1772

Inhalt

Weihnachten ist ...

... wenn Zeit bleibt, nur so zum Vertreiben, Zeit, um heute an gestern zu denken, um den Schneeflocken beim Schmelzen zuzusehen und den Kerzen auch, wenn Zeit ist für ein Gespräch und Zeit bleibt für ein weiteres.

Ein Traum von Baum

Es hat geschneit. Nicht viel, gerade so, dass die Felder und Wiesen, die Straßen und Wege leicht bedeckt sind. Als hätte Petrus ein riesengroßes Sieb genommen, kiloweise Puderzucker hineingefüllt, mit der linken Hand über die Erde gehalten und mit der rechten sachte dagegen geklopft. Ein Wetter für sieben Tage vor Heiligabend, ein Wetter, um den Christbaum zu kaufen.

Zehn, vielleicht auch 15 frisch geschlagene Bäume lehnen am Zaun auf dem Hof der Gärtnerei. In der Mitte fängt der Verkäufer an, greift sich einen Baum heraus, hält ihn mit seinen Handschuh-Fingern an der Spitze fest, stellt ihn aufrecht hin.

„Viel zu groß", sagt sie. Ihr Blick wandert die Baum-Reihe entlang, prüfend, von links nach rechts, wieder zurück.

„Dieser vielleicht?" Der Verkäufer hat ein Exemplar von ganz rechts gegriffen.

„Viel zu klein", sagt er. Noch ein paar Bäume mehr begutachten die beiden, diesen und jenen noch, doch der Baum, der Christbaum werden soll, er ist nicht dabei.

Sie gehen den Weg zur Schonung, so viele Tannen und Fichten stehen da, Bäume, soweit das Auge reicht. Ganz kleine, die noch tüchtig wachsen müssen, um ein

Christbaum zu werden, um kristallene Kugeln tragen zu können, selbstgebastelte Strohsterne und Holzfiguren. Und ganz große, die viel zu groß sind, um ein Christbaum in einem Wohnzimmer werden zu können, viel zu groß. Höchstens in einer Kirche könnten sie stehen, in einem herrschaftlichen Dom etwa mit dicken Steinmauern, von denen das „Zu Bethlehem geboren", das die Menschen laut singen, widerhallt und allen doch noch ganz weihnachtlich ums Herz wird nach dem vielen Vorfeiertagsstress.

Mit großen Schritten geht er auf den ersten Baum zu. „Was ist mit diesem?", fragt er. Zu buschig, findet sie, wie sollen da die kunstvoll verzierten Ornamente richtig zur Geltung kommen?

„Oder der hier?" Er läuft zum nächsten. Also, sagt sie, eine Nummer größer dürfte er doch schon sein.

Was wäre, überlegt sie, wenn die Bäume dieses Gespräch mitverfolgen könnten? Wenn sie hören könnten, wie sie beurteilt werden, für zu groß oder zu klein, für zu buschig oder zu schmächtig befunden werden?

Würden sie sich dann ein bisschen strecken, um größer zu erscheinen, oder ein wenig ducken, um kleiner zu wirken, alles tun, um auserwählt zu werden, ein Christbaum zu sein?

„Dieser", sagt sie und zeigt auf einen Baum, dieser

wäre doch schön. Groß ist er, so groß, wie er sein sollte. Und gerade gewachsen. Und perfekt angeordnet sind die Äste, so perfekt, wie es sich für einen Christbaum gehört. Noch einmal dort geschaut und da, nur nichts übersehen. Aber kein Baum ist dabei, der so groß, so gerade, so wunderschön gewachsen ist.

„Das ist er", sagt sie.

„Ja, das ist er", stimmt er zu.

Er holt den Verkäufer. Sicherheitshalber ist sie bei dem Baum, ihrem Baum, stehen geblieben. Die Entscheidung ist gefallen, diesen bitte, sagt er und deutet auf den großen, geraden, wunderschön gewachsenen Baum, ihren Baum. Ob es nicht ein Glück sei, dass dieser Baum noch niemandem außer ihnen aufgefallen ist. So wie er ist, ein Christbaum eben.

Der Verkäufer setzt die Säge an, mit wenigen Zügen hat er den Stamm durch. Er packt die Tanne mit seinen behandschuhten Fingern an der Spitze, schüttelt kräftig. Nicht, sagt sie, so wunderschön sah sie aus mit dem Puderzucker, den Petrus aus seinem Sieb über sie gestäubt hatte. Ihr Auto wird nur nass, entgegnet der Mann und schüttelt den Baum gar ein weiteres Mal. Noch etwas liebloser. Das müsse nun mal sein, erklärt der Verkäufer und steckt ihn in ein Netz. 20 Euro kostet er, er wird ins Auto geladen, nach Hause gebracht.

An Heiligabend steht er da, der Baum, aus dem ein

Christbaum geworden ist. Am Fuß das Jesuskind in seiner Holzkrippe, Maria und Josef, die betend vor ihm niederknien. Herausgeputzt ist er, mit goldenen Perlen, Herzen und Vögeln. In den Kugeln spiegeln sich die Kerzenflammen.

Was wäre, überlegt sie, wenn der Baum das mitbekommen würde? Stolz würde er sicher sein, so prächtig, wie er aussieht. An die anderen Bäume von der Schonung würde er denken, die ganz kleinen, die vielleicht in ein, zwei Jahren stattliche Christbäume sein werden. Und an die ganz großen, die so groß sind, dass sie nur in einer Kirche Platz finden. Er würde aus dem Fenster nach draußen schauen, wo leise der Schnee rieselt. Gerade so, als würde Petrus mit seinem Puderzuckersieb hantieren.

Weihnachten ist ...

... wenn Kinder und Erwachsene gespannt warten auf die Wettervorhersage am Ende der Nachrichten und darauf, dass der Meteorologe endlich die drei Worte sagt, die sie verzaubern, die Kinder und die Erwachsenen: Schnee an Heiligabend. Und wenn dann am Weihnachtsmorgen alles eingepackt ist, die Straßen und Wege, die Büsche und Bäume, weiß und watteweich.

Mit unbekanntem Ziel

„Machen Sie jetzt Schluss, Herr Hermlien, es ist schon gleich Kaffeezeit."

„Nein, nein", wehrte Herr Hermlien ab, „ich möchte schnell noch die Arzneimittel, die gestern geliefert wurden, in die Regale einsortieren. Die Kisten stehen sonst im Weg herum, und am Ende stolpert noch jemand darüber und tut sich was."

„Ich bitte Sie, das können Sie doch nach den Feiertagen erledigen. Gehen Sie nach Hause, ich will absperren."

Er würde seinen Dienstschluss nicht länger herauszögern können, das musste Herr Hermlien wohl oder übel einsehen. Längst hatten sich die Kollegen verabschiedet, keine Minute mehr als nötig wollten sie am Weihnachtsabend in der Apotheke verbringen, hatten es alle furchtbar eilig, heim zu kommen zu ihren Ehepartnern und den Kindern, die ungeduldig warteten.

In der Frühstückspause hatten die fünf Assistenten mit ihrem Chef, Herrn Scheller, gemütlich zusammen gegessen, ein letztes Mal die Kerzen am bereits ziemlich trockenen Adventskranz angezündet, selbst gebackenen Christstollen gegessen, Lieder vom Band gehört und Geschenke ausgetauscht. Diese Tradition hatten sie lieb gewonnen seitdem sie gemeinsam in der Apotheke An der Mühle arbeiteten.

Für Herrn Hermlien war das seit geraumer Zeit, genauer: seitdem er vor achteinhalb Jahren von seiner Frau geschieden wurde, und sie mit den beiden Töchtern nach Südamerika ausgewandert war, das einzige, was ihn an das Fest erinnerte. Allein und sehr zurück gezogen lebte er, 46 Jahre alt, in seinem Backstein-Haus am Ortsrand. Um die Buden der Weihnachtsmärkte machte er einen großen Bogen, er wollte nichts riechen von dieser Melange aus gebrannten Mandeln, Glühwein und Rostbratwürstchen; er mied die Kaufhäuser, wollte nichts hören von „Süßer die Glocken nie klingen"; und er lehnte - die natürlich gut gemeinten - Einladungen sämtlicher Onkel und Tanten, Freunde und Bekannten ab, die ihn zu Karpfen, Gans oder Fondue baten, denn er wollte nichts hören von der Frohbotschaft.

Ginge es nach ihm, Weihnachten würde einfach aus dem Kalender gestrichen, würden diese unseligen drei Feiertage vorgespult oder übersprungen werden. So lange er arbeiten konnte, musste er nicht Zuhause sitzen und sich verzweifelt überlegen, was er mit sich und der vielen freien Zeit anstellen könnte. Im vergangenen Jahr hatte er vor lauter Langeweile ausgerechnet: 66 Stunden musste er rumbringen von Dienstende an Heiligabend bis Dienstbeginn am 28. Dezember, 3960 Minuten oder

237600 Sekunden. Nicht viel weniger als die Ewigkeit.

„Lassen Sie es sich gut gehen über die freien Tage", sagte der alte Apotheker und hielt ihm die Türe auf, „und: Fröhliche Weihnachten, Herr Hermlien."

„Ihnen auch." Das „Fröhliche Weihnachten" kam ihm nicht über die Lippen, nicht einmal das, zu tief saß der Schmerz.

Die Tür fiel hinter ihm ins Schloss, Herr Hermlien schaute die Straße entlang. Am Rathaus schräg gegenüber, dessen Fenster der Kunstverein als Adventskalender gestaltet hatte, war die Scheibe mit der aufgemalten 24 hell erleuchtet: Maria im blauen Gewand liebevoll über das Kind in der Krippe gebeugt, daneben Josef, der sich auf seinen Hirtenstab stützt. Friede, Freude all über all, einsam wachte an diesem Abend nur er. Ein Bus fuhr an Herrn Hermlien vorbei, spritzte dreckiges Wasser aus einer Pfütze auf. Zu Schnee, der dieses zuckersüße - ach was, dachte er: im Zuckerguss erstarrte - Fest der Liebe garnierte wie ein Sahnehäubchen, hatte es wieder nicht gereicht.

In der Bäckerei verriegelte auch gerade die Besitzerin die Türe. Herr Hermlien kannte sie, meist holte er sich auf dem Weg zur Arbeit ein Butterhörnchen und einen Kaffee, so konnte er eine Viertelstunde länger schlafen und die Küche blieb sauber.

„Sie sind auch noch so spät unterwegs und das

ausgerechnet heute", rief die Bäckersfrau ihm gut gelaunt zu, winkte mit der rechten Hand und balancierte mit der linken ein Tablett mit Kuchen, der offenbar übrig geblieben war.

„Schönes Fest, lassen Sie sich reich beschenken."

„Das gleiche."

Herr Hermlien machte sich auf den Weg. Er trödelte, kickte, mit den Händen in der Manteltasche, wie ein Junge kleine Steine über das Trottoir. Es dämmerte, die kalte Luft schnitt ihm ins Gesicht. Gut 20 Minuten, wenn er zügig ging, hatte er zu laufen. Er kam vorbei an einer Kirche, vor deren schwerem Eisen-Portal zwei übergroße Tannenbäume standen.

In manchen Häusern brannte Licht, er verlangsamte seinen Schritt. Durch das Fenster in Nummer 13 konnte er Kinder sehen, zwei Buben und ein Mädchen, die auf dem Teppich vor dem Weihnachtsbaum knieten und Geschenkpapier aufrissen. Das Mädchen hatte gerade eine Puppe ausgepackt, sie strahlte. Ein paar Häuser weiter, Nummer 27: Herr Hermlien sah Großeltern auf der Couch sitzen, die lächelnd zuhörten, wie die Enkel, vier an der Zahl, auf der Blockflöte spielten. Stille Nacht – als nahezu unerträglich empfand er sie.

Herr Hermlien hatte keine Lust, nach Hause zu gehen. Was erwartete ihn? Der Kühlschrank war so gut wie leer, ein paar Scheiben Brot waren übrig, ein Stück

Emmentaler, einige Scheiben Leberkäse. Schon lange hatte er es aufgegeben, sich Tannenzweige in die Vase zu stellen. Meist verloren sie am selben Tag ihre Nadeln, die er noch Wochen später im Fuß stecken hatte, wenn er morgens eilig barfuß über den Boden lief. Er hatte keine Lust, zu lesen und erst recht keine Lust, Fernsehen zu schauen. Er entschied sich, einen Abstecher zum Bahnhof zu machen, einfach so, um unter Menschen zu sein, irgendwie.

Schotter knirschte unter seinen Stiefeln, als er den Parkplatz überquerte. Der Adventskranz, der an einem Mast am Eingang des großen, grauen Gebäudes befestigt war, gab wankend den Launen des Windes nach, alle vier Lichter brannten. So viel Sinn für Seelenfrieden musste wohl sein, auch hier, am Bahnhof, wo Menschen kommen und gehen, verweilen, nicht bleiben. Eine große Plakatwand: „Schäferstündchen", Kampagne zur Aids-Prävention. Jemand hatte dem wollenen Schaf mit dem blauen Kondom-Bauch eine Nikolausmütze gemalt. Herr Hermlien setzte sich auf eine Bank an Bahnsteig 7. Von hier aus konnte er vier Gleise überblicken.

„Bitte Vorsicht, ein Zug hat Durchfahrt", teilte eine Frau für Gleis 3 mit, ihre Stimme verriet, dass sie schwer erkältet war. Ob sie später am Abend liebevoll erwartet werden würde, mit einem Glas heiße Milch mit Honig und einem Fichtennadel-Bad?

Ein ICE näherte sich mit Tempo. Herr Hermlien kniff die Augen zusammen, versuchte, Leute hinter den Scheiben zu erkennen. Weil der Fahrtwind, den der ICE wie eine Schleppe hinter sich hergezogen hatte, so eisig gewesen war, hatte Herr Hermlien die Luft angehalten. Schwer atmete er ein und aus, ein ums andere Mal, nichts ging wie von selbst an diesem Tag.

Ein Kombi fuhr auf dem Parkplatz vor, eine Frau stieg aus, wuchtete aus dem Kofferraum einen Kinderwagen. Herr Hermlien konnte beobachten, wie sie mit ein paar geschickten Handgriffen den Buggy aufklappte, ihren Sohn vom Rücksitz hob, fest an sich drückte, küsste und behutsam in den Wagen setzte. Der Junge war in einen dunkelblauen Anorak eingemummelt, die Mütze rutschte ihm über die Augen.

„Papa kommt gleich", hörte Herr Hermlien die Frau sagen, die mittlerweile den Kinderwagen am Bahnsteig auf und ab schob. Der Junge war damit beschäftigt, sich die Handschuhe auszuziehen, die er an einem Band um den Hals trug.

Herr Hermlien beobachtete das Lichtspiel der Signale entlang der Gleise: Rot, Grün, Rot, Rot, erneut Grün. Er versuchte, das System hinter der Schaltung auszumachen, es gelang ihm nicht. Dafür, und er wunderte sich darüber, kam ihm ein Gedicht aus Kindheitstagen in den Sinn: „All überall auf den Tannenspitzen, sah ich goldene Lichtlein blitzen.‟

Ein paar Minuten später hielt ein Intercity. Aus Frankfurt kommend und nach München fahrend, mühte sich die heisere Ansagerin, wie kostbare Geschenke verteilte sie ihre Worte. Viele Fahrgäste saßen nicht in den Abteilen, und es stiegen lediglich fünf Leute aus, allesamt Männer. Nun reckte er den Hals, war gespannt, wer zu der Frau mit dem Kinderwagen gehörte. Zu alt, befand er den einen, zu jung, den anderen. An ihren Mienen versuchte er, Wiedersehensfreude abzulesen. Der musste es sein: vielleicht 40 Jahre alt, er hatte seine Reisetasche quer umgehängt, den Rollkoffer zog er mit der linken Hand, in der rechten hielt er einen Blumenstrauß. Tatsächlich.

„Hallo, Liebling‟, rief er, „da bist du endlich‟, rief sie. Sie umarmten sich. Danach hob der Mann den Jungen aus dem Kinderwagen, warf ihn in die Höhe, ein Mal, zwei Mal, der Junge juchzte.

Der Intercity machte sich schwerfällig auf den Weg. Die Anzeigentafel überschlug sich. An einem Fensterplatz sah Herr Hermlien eine Dame sitzen, jenseits der 60, schätzte er, unter ihrem Hut kringelten sich silberne Locken. Wohin des Weges? Natürlich: Ein halbes Leben lang war sie als Dienstmädchen mit schwarzem hochgeschlossenem Spitzenkleid und strengem Knoten in Stellung, Perle eines vornehmen Haushalts, bis zu jenem Samstag, als sie den Lotto-Jackpot knackte, 66 Millionen

Euro. Jetzt verprasste sie ihr Geld, reiste ins mondäne Sankt Moritz, Skilaufen, die schöne neue Welt der Reichen erobern. Nein, ganz anders: Sie hatte sich heute Abend davon gestohlen aus dem Seniorenheim, zwischen Festtagssuppe und Festtagsbraten, das Lackhandtäschen unter den Arm geklemmt, in den nächst besten Zug gesetzt, nichts wie weg, Adieu Tristesse.

Seine Gedanken zogen los, gedankenlos, flogen wie ein Vogel dem Zug hinterher, weiß Gott, wer diese Menschen waren, die er für Sekunden sah, die sein Leben querten, jetzt und hier; Menschen, von denen er nichts wusste und die ihn doch beschäftigten. Und wenn sie sich noch einmal sehen würden, irgendwann und irgendwo, sie würden sich nicht kennen, nicht einmal wiedererkennen, zu kurz der Augenblick, zu kurz der Blick.

Mit lautem Grollen schob sich ein Flugzeug durch die Wolken, ein Geräusch, so ganz anders als das regelmäßige Rattern der Züge. Es beförderte Herrn Hermlien zurück ins Jetzt.

Wie anders es sich anfühlte, hier zu sitzen, ohne nach der Zeit auf die Uhr zu schauen. Derjenige zu sein, der die Schneekugel kräftig schüttelt, statt eine Flocke zu sein, die im Inneren des Glases gefangen umher gewirbelt wird.

Irgendwann musste er nach Hause gehen. Herr Hermlien stand auf, bemerkte erst jetzt, wie steif gefroren er war. Er rieb die Hände aneinander, pustete seinen warmen Atem zwischen die Handflächen. Wie viele Stunden er auf der Bank gesessen hatte - er konnte es nicht einmal schätzen. Vorsichtig bewegte er die Zehen, wippte auf und ab.

Träge ging er den Weg entlang vom Bahnsteig über den Parkplatz, schaute noch mal zurück. Eine junge Frau rannte ihm entgegen. Ihren Atmen konnte er hören, sogar sehen, sie keuchte, in der kalten Luft bildeten sich Wölkchen. Ihr langer Pferdeschwanz wippte bei jedem Schritt. Sie steuerte direkt auf Herrn Hermlien zu, packte ihn fest am Arm, riss ihn herum.

„Kommen Sie", sagte die Frau, „kommen Sie, die kriegen wir." Sie zog ihn mit sich.

„25 Sekunden, das schaffen wir. Nicht aufgeben. Heute ist Weihnachten, da wird die Bahn nicht ohne uns abfahren." Sie sprach im Stakkato, hustete rau. „Gleis 5, der einundzwanzigsiebzehn fährt von Gleis 5."

Sie rannten in die Vorhalle, treppab zu den Bahnsteigen, treppauf zu Gleis 5. Die Frau hielt die Hand von Herrn Hermlien umklammert, dessen „aber ...", zu dem er mehrfach ansetzte, sie nicht hörte, überhörte.

Nach der Hälfte der Stufen konnte Herr Hermlien die Uhr sehen: 21.16. Der rote Sekundenzeiger rückte Strich um Strich voran, 15 Sekunden, zehn, fünf, sie nahmen zwei Stufen auf einmal. Auf der vorletzten Stufe angekommen, entdeckte der Schaffner die beiden. Er winkte, nahm die Pfeife aus dem Mund, wartete, bis Herr Hermlien und die Frau in den Zug gestiegen waren.

Sie standen sich gegenüber. Er konnte Schweiß unter ihrer Nase perlen sehen, ihr Brustkorb hob und senkte sich, sie hielt sich die Hand auf den Bauch.

„Seitenstechen", japste sie, und: „Geschafft, wir haben es tatsächlich geschafft." Die junge Frau holte Luft. „Weihnachten eben." Herr Hermlien hielt ihr die Tür zum Abteil auf.

„Und Sie ...", erneut hustete sie, „... und sie wollten aufgeben."

„Wollte ich?", fragte Herr Hermlien, und setzte sich ihr gegenüber. „Wo immer diese Reise hingeht, fröhliche Weihnachten wünsche ich."

Weihnachten ist ...

... wenn jeden Tag ein Schreiben mit der Bitte um eine großherzige Spende im Briefkasten liegt, wenn der Postbote klingelt und ein Päckchen bringt, eine Sacher-Torte, gut gehütet wie ein Schatz in einer Spanschachtel, von der Tante aus Wien für den Adventskaffee.

Liebesgrüße aus New York

Nun stand Charlotte wenige Meter entfernt von dem Christbaum am Rockefeller Center, und er sah tatsächlich genau so aus, wie sie ihn sich vorgestellt hatte: Mindestens 25 Meter hoch, zwischen den grünen Ästen blitzten winzige Lichter, gelbe, rote, grüne, dicht an dicht, hunderte, tausende gar, und auf seiner Spitze thronte ein großer, goldener Stern. Mick fasste sie am Arm. „Wir können gehen, Schatz." Eilig überquerten sie die Straße. Stehen bleiben und staunen, das geht hier nicht, nicht in New York. Es grenzte schon an ein Wunder, dass die Leute überhaupt an der Ampel das „Don't-walk"-Signal abgewartet hatten. Stillstand kennt dieses schlaflose Manhattan nicht.

Den weltberühmten, festlich erleuchteten Baum zu sehen, nicht nur auf Bildern oder in Büchern, war Charlottes großer Traum. Oft hatte sie in den vergangenen Tagen daran gedacht, als der 30. Dezember immer näher gerückt war und damit ihrer beider Abflug nach New York. Wegen der Reisevorbereitungen hatten sie schweren Herzens darauf verzichtet, einen Baum in der Wohnung aufzustellen, so wie sie es jedes Jahr taten, seitdem sie zusammen lebten.

Um so mehr hatte sich Charlotte in den Kopf gesetzt,

zuerst zum Rockefeller Center zu gehen.

Wohl hätten sie ahnen können, dass noch ein paar Leute mehr auf diese Idee kommen würden. Unzählige Menschen standen vor der Brüstung, von wo aus sich das Postkartenmotiv bot: die spiegelglatte Schlittschuhbahn, darüber die Statue des Prometheus und über allem der funkelnde Weihnachtsbaum. Seit 1931, als Arbeiter auf der Baustelle einen Christbaum aufstellten als Zeichen dafür, dass die Depression überwunden ist, hat die Zeremonie Tradition. Geändert hat sich seitdem nur eines: die Anzahl der Lichter. Heute sind es mindestens 25000 Stück, die über acht Kilometer Kabel miteinander verbunden sind – einst waren es bescheidene 700.

„Der New-York-Tourist darf wohl ohne Bild mit Baum nicht nach Hause kommen", sagte Charlotte und lachte. Die Leute drückten und drängelten, um den perfekten Platz für die perfekte Aufnahme einzunehmen: Frau mit Baum, Kind mit Baum, Mann mit Kind auf den Schultern mit Baum.

„Komm, lass uns weitergehen", sagte Mick und hakte sich bei Charlotte ein. Es war klirrend kalt, minus 15 Grad zeigte das Thermometer an einem Geschäftshaus an. Zumindest der stahlblaue Himmel entschädigte dafür, dass Nasenspitze, Finger und Fußzehen nach fünf Minuten auf der Stelle stehen eiskalt gefroren waren.

„Wir sind sechs Monate hier, da kannst du noch so

oft hier vorbeigehen. Sobald die Weihnachtstouristen weg sind, machen wir in Ruhe unsere Fotos."

Sechs Monate New York. „Ich kann das noch gar nicht so richtig glauben, du?"

Mick schüttelte den Kopf. „Absolut nicht." Nicht, als sie sich am Flughafen von den Eltern verabschiedet hatten, nicht, als sie im Flieger den Atlantik überquert hatten, nicht, als sie am gestrigen Abend todmüde ins Bett gefallen waren - nachdem sie zuvor mit amerikanischer Realität konfrontiert worden waren. „Small" war die kleinste Größe, in der die Salami-Käse-Pizza in der Pizzeria um die Ecke serviert wurde - und von der würden sie die nächsten drei bis vier Tage noch essen, und zwar morgens, mittags und abends.

„Das ist schon eine verdammt lange Zeit", stellte Mick zufrieden fest.

„Aber ich habe so ein Gefühl, dass es uns gut gefallen wird."

Mick war von seiner Firma nach New York beordert worden, er sollte die Einführung eines neuen Produkts betreuen. Kurzerhand hatte Charlotte sich entschieden, ihn zu begleiten, sie konnten sich beide nicht vorstellen, so lange Zeit voneinander getrennt zu sein. Als Journalistin war sie flexibel, Artikel konnte sie überall auf der Welt schreiben, und so hatte sie ihr Laptop, das Diktiergerät, jede Menge Blöcke und Kugelschreiber im

Gepäck.

„Meine Güte, das ist vielleicht ein Gedränge", sagte Charlotte, die immer wieder Micks Hand loslassen musste, um den entgegen kommenden Leuten auszuweichen. Am Times Square, da, wo das Herz der Vergnügungssüchtigen den Takt vorgibt, schoben sich die Menschen durch die Straße. Lichter der Leuchtreklamen flackerten in wilder Folge, Arbeiter zimmerten an Bühnen für die große Silvesterparty, die am Abend steigen sollte. Frauen und Männer und Kinder quollen mit Plastiktüten beladen aus den Türen eines Souvenirgeschäfts, das Lady Liberty auf Tassen oder als Radiergummi verkauft, um sogleich den nächsten Laden zu stürmen.

Mit jedem neuen Tag lebten sich die beiden besser im Big Apple ein. Längst holte Charlotte nicht mehr ihren Spickzettel aus der Handtasche, auf dem sie sich notiert hatte, mit welcher Linie - mit der roten nämlich - sie zu ihrem Office fahren muss; oder wie viele Stationen es zu Micks Büro sind, und zwar Richtung Downtown (ein Mal hatte sie versehentlich die Bahn Uptown genommen).

Wochentage in New York waren für Charlotte und Mick schon recht bald wie Wochentage zu Hause auch: Alltag. Manchmal, wenn ein Polizeiauto den Broadway entlang raste, sah Charlotte für einen Moment von ihrem Bildschirm auf und hörte dem Singsang der Sirene zu; erst dann fiel ihr auf, wie selbstverständlich das Leben in der

Millionenmetropole schon geworden war.

Nach und nach verschwanden die Touristen aus der Stadt und mit ihnen der weihnachtliche Glanz. Längst hatten Charlotte und Mick Bilder fürs Album gemacht: Charlotte mit Baum, Mick mit Baum und - dank eines hilfsbereiten Japaners - sie beide mit Baum. Die großen, vornehmen Kaufhäuser entlang der Fifth Avenue hatten Nussknacker und Nikoläuse aus den Schaufenstern geräumt, Glitzer und Glimmer mit dem Staubsauger aus jeder Ritze entfernt. Die Lichterketten, die von einer Straßenseite zur anderen gespannt waren, wurden abmontiert, ebenso die Hanukkah-Leuchter aus Plastik, die an der eher jüdisch orientierten Upper West Side die Straßenlaternen geziert hatten.

Über Nacht hatte eine Mannschaft mit 30 Männern die norwegische Fichte am Rockefeller Center mit einem Kran abtransportiert. Selbst die Spitze des Empire State Buildings hatte ihr Festtagsgewand abgelegt und leuchtete nicht mehr in Grün und Rot. New York war nicht länger in Watte gepackt.

Dies sei ein ganz besonders strenger Winter, versicherten die New Yorker, ob in der Bahn, beim Dinner oder in der Schlange an der Supermarkt-Kasse. Beinahe jede Nacht schneite es, morgens mussten Charlotte und Mick die Scheiben ihres Wagens von einer dünnen Eisschicht befreien. Es war oft noch stockfinster, wenn sie am Bahnhof auf den Zug warteten, der sie von ihrem Appartement auf Long Island in die Stadt brachte.

Seit Tagen schon hatte der Wetterdienst gewarnt, und an einem Abend setzte tatsächlich ein heftiger Schneesturm ein. Der Blizzard zog über den gesamten Nordosten des Landes hinweg. In vielen Städten legte er das Leben völlig lahm, die Oberleitungen brachen ruckzuck unter den Schneemassen zusammen. In New York fiel innerhalb weniger Stunden ein halber Meter Schnee. Ganz Mutige fuhren mit Skiern den Times Square hoch und runter; Erwachsene und Kinder tobten sich im Central Park bei wilden Schneeballschlachten aus. New York, ein Winter-Märchen.

Oft war Charlotte abends als erste mit ihrer Arbeit fertig. Gemütlich spazierte sie - das war in der Upper West Side, wo ihr Büro lag, tatsächlich möglich - die Schaufenster entlang, betrachtete getöpfertes Geschirr oder blätterte in abgegriffenen Büchern. Oder sie fuhr mit der Subway zum Rockefeller Center, um die Schlittschuhläufer zu beobachten, die auf der Eisfläche ihre Runden drehten. Charlotte lehnte sich an das Geländer oberhalb des kleinen Sees, hörte zu, wie der Winter-Wind zornig an den Fahnen zerrte, die rund um das Areal standen, beobachtete die Leute und wartete darauf, dass Mick endlich Feierabend machte.

Es gab Tage, da hasste Charlotte die Stadt.

„Hier ist doch nichts normal, das ist ein Leben in Extremen", beklagte sie sich. Extrem kalt oder extrem heiß, extrem laut oder extrem leise, extrem stinkige Luft oder extrem frische. Extrem romantisch war es zur Weihnachtszeit gewesen - und nun extrem nüchtern. Kam sie an einem dieser blechernen Wagen vorbei, die fettglänzende Hot Dogs brieten, hielt sie wahlweise den Atem an oder vergrub die Nase tief in ihrem Schal. Schnuppernd lief sie dagegen an den Carts vorbei, an denen Männer im warmen Wollmantel und mit Kappen mit Ohrenschützern Nüsse rösteten und in Honig glasierten.

Hatte es geregnet, tropfte es in den U-Bahn-Schächten von der Decke, und wenn es noch früh am Morgen war, waberte wie in einem drittklassigen Krimi Dampf aus den Gullydeckeln auf der Straße. Schon zwei Mal hatte Charlotte die Absätze ihrer Winterstiefel erneuern lassen.

„Du läufst dir hier die Hacken ab", war alles, was Mick dazu einfiel.

Und die Blickrichtung: vertikal. In den engen Straßenschluchten mit den Häusern, die an den Wolken kratzen, legte Charlotte manchmal den Kopf weit in den Nacken, um ein bisschen Himmel über New York sehen zu können.

Meist holten sie sich nach der Arbeit noch etwas zu

essen, oft den obligatorischen Burger, und gingen recht früh todmüde schlafen. Während der Bahnfahrten in die Stadt studierte Charlotte ausgiebig ihre Reiseführer.

„Was hälst du davon, am Samstag in den Zoo im Central Park zu gehen, der soll klein, aber fein sein", schlug sie vor, „und das überaus seltene und scheue Mouse-Deer lebt da." Oder: „Wir könnten die Neighbourhoods erkunden, Greenwich Village, Chinatown, SoHo, Little Italy, Brooklyn." Oder: „Ein Einkaufsbummel durch Tribeca, bisschen Künstlerluft schnuppern, was meinst du?"

Zum Lunch hatten sich Charlotte und Mick beim Chinesen verabredet. Seit zwei Tagen fühlte sie sich, als bekäme sie eine Grippe. Kaum ein Knochen tat ihr nicht weh, der Kopf schmerzte sowieso. Charlotte löffelte eine heißdampfende Hühnersuppe.

Mit der Rechnung brachte der Kellner für jeden einen Glückskeks. „*Wenn der Winter kommt, kann der Frühling nicht mehr weit sein*" stand auf dem Papierschnipsel, den Charlotte aus ihrem zerbrochenen, goldbraun gebackenen Keks nestelte. Von wegen.

„Wir könnten uns doch heute Abend mal einen Film anschauen", schlug Mick vor.

Mehr als ein „Mmmhhh" brachte Charlotte nicht heraus. Wie jeden Abend nahmen sie die 17.35-Uhr-Bahn nach Hause, stellten geschwind in ihrem Appartement ihre Taschen ab und machten sich auf den Weg ins Kino.

Es war nicht viel los, Charlotte und Mick konnten sich ihre Plätze aussuchen, bauten neben sich Popcorn, Chips und Cola-Becher auf und kuschelten sich in ihre Sitze.

„Wollen wir noch mal raus ans Meer fahren?", schlug Mick vor, als sie nach der Vorstellung zurück zum Auto gingen.

„Bei dieser Kälte?"

„Warum nicht, ein bisschen Salzluft atmen schadet doch sicher nicht, gerade bei der Erkältung. Komm, nur ein halbes Stündchen." Schicksalsergeben nahm Charlotte auf dem Beifahrersitz Platz.

„Na gut, wenn du meinst."

Nach zehn Minuten Fahrt war das Ende der Insel erreicht. Im Schritttempo fuhr Mick die Straße entlang zum Parkplatz, oft grasten kleine Hirsche am Wegesrand oder Wildgänse watschelten über die Straße.

Bis oben knöpften sie ihre Mäntel zu und liefen über den Holzsteg zum Strand. Der Wind schnitt ihnen ins Gesicht. Mit Wucht brachen sich die Wellen, Gischt sprühte auf.

„Guck mal", flüsterte Charlotte. Ein paar Schritte von ihnen entfernt traute sich ein kleiner Fuchs, durch die Dünen zu streifen. Der Mond hing prall und prächtig am Himmel, er spiegelte sich silbrig im Meer. Charlotte atmete tief ein und aus.

„War doch keine so schlechte Idee, hierher zu kommen", gab sie zu und vergrub ihre Hände noch tiefer in den Jackentaschen. Ein ganzes Stück liefen sie so schweigend nebeneinander her und hörten auf die Geräusche des Wassers und des Windes. Mick blieb stehen, nahm Charlotte an der Hand.

„Willst du mich heiraten?", fragte er nahe an ihrem Ohr. Sie konnte seinen Atem spüren.

„Was hast du gesagt?"

„Du hast mich sehr gut verstanden."

„Ja, das will ich." Eine ganze Weile standen sie so einfach da, Mick an die Brüstung des Holzstegs gelehnt, Charlotte in seinen Armen.

Zurück im Auto schaltete Mick die Heizung auf höchste Stufe, Charlotte rieb ihre Hände aneinander.

„Weißt du, eigentlich wollte ich ‚Nein' sagen, als du gefragt hast, ob wir ans Meer fahren. Ist auch eine irre Idee, das macht kein Mensch bei dieser Kälte."

„Und jetzt?"

„Bin ich froh, dass ich ‚Ja' gesagt habe - in doppelter Hinsicht."

Zwei Wochen später gab es Post aus Übersee für Eltern und Großeltern. Das kitschige Briefpapier, „Victorian Style", wie der Verkäufer versicherte, und: „sehr romantisch", hatten sie bei einem Spaziergang an einem der ersten sonnigen Sonntage in einem Kramladen im Village entdeckt.

„Keine Überraschung bezaubert so, wie die Entdeckung, geliebt zu werden (Charles Morgan). Wir haben uns verlobt, liebe Grüße, Charlotte und Mick."

Sie hatten ein Bild beigelegt: Charlotte und Mick Arm in Arm vor dem Christbaum am Rockefeller Center.

Weihnachten ist ...

... wenn Erinnerungen ausgetauscht werden: an Baby Gloria, die per Päckchen kam, das einfach von der künftigen Puppenmutter aufgerissen wurde; an das Glöckchen, das die Familie zur Bescherung rief und dessen geheimnisvolles Läuten lange, lange bewahrt wurde; an den Großvater, der immer ganz bis zum Schluss wartete, bis er seine Überraschungen verteilte; an den Abend, an dem der Nikolaus, an den große Jungs doch längst nicht mehr glaubten, plötzlich in der Tür stand.

Weihnachtsbotschaft aus Bethlehem

Von: Penelope
Datum: Sonntag, 30. November, 17:40 Uhr
An: Louisa
Betreff: Wie geht's

Liebe Louisa,

jetzt ist es schon drei Tage her, seitdem wir uns am Flughafen verabschiedet haben. Ich kann es immer noch nicht so recht glauben, dass wir nun für ein ganzes Jahr getrennt sein werden. Danke, dass du gleich angerufen hast. Es ist beruhigend zu wissen, dass du gut angekommen bist und es dir gut geht. Von jetzt an wird gemailt bis die Leitung zwischen Deutschland und Israel glüht, okay? Emails sind echt ein Geschenk des Himmels. Stell dir vor, wir müssten uns Briefe schreiben, wie selten würden wir voneinander hören.

Wie hast du dich mittlerweile eingelebt, was macht der Sprachunterricht? Ich stelle es mir wahnsinnig schwierig vor, Hebräisch zu lernen oder täusche ich mich? Mit wie vielen Leuten bist du in einem Kurs?

Muss ich mir Sorgen machen um deine Sicherheit in Jerusalem?

Hier geht alles seinen gewohnten Gang, du kennst das. Je

näher die Feiertage rücken, um so panischer werden die Menschen. Mit Besinnlichkeit hat das kaum noch etwas zu tun. Ich denke immer, es kann nicht mehr hektischer werden - aber es wird hektischer.

Heute ist schon der erste Advent, natürlich habe ich beim Frühstück die erste Kerze am Adventskranz angezündet. Ich würde nicht gerade behaupten, dass besonders große Weihnachtsstimmung aufkommt: es ist schmuddelig-warm, seit Tagen schon hängen dicke schwarze Wolken am Himmel.

Die Wohnung habe ich schön hergerichtet. Ich habe auf der alten Kommode meine Winter-Landschaft aufgebaut. Sie ist wirklich wieder sehr hübsch geworden, ich habe sorgfältig Watte als Schnee ausgebreitet. Und die kleine Skifahrer-Figur, die du mir zum Abschied geschenkt hast, hat einen Ehrenplatz bekommen, ist doch klar. Ich habe bestimmt vier Stunden dekoriert, ich bin kreuzlahm.

Wie ist das Wetter bei dir, scheint die Sonne? Hast du dir auch einen Adventskranz aufgestellt? Duftet er nach Zuhause?

Fragen über Fragen. Lass bald was hören.

Ganz viele liebe Grüße aus der Heimat sendet dir deine Penelope

Von: Louisa

Datum: Sonntag, 30. November, 20:11 Uhr

An: Penelope

Betreff: Re (Wie geht's)

Liebe Penelope,

gerade habe ich den Computer angeschaltet und deinen Brief (sagt man das eigentlich?) bekommen, und ich will dir auch gleich antworten. Ich weiß ja, wie gespannt du auf Neuigkeiten wartest. Mir schwirrt der Kopf. Heute haben wir viel über die Geschichte der hebräischen Sprache - „Iwrit" - gelernt.

Von Weihnachtsstimmung würde ich nun nicht gerade sprechen. Im Moment hoffe ich nur eins: dass die israelischen Behörden nach bald zwei Monaten Streik wieder öffnen und mir ein Visum bescheren. Denn nur mit diesem Papier könnte der ebenfalls streikende Zoll mein Hab und Gut noch vor Weihnachten freigeben. Da Behördengänge und Telefonate bislang nichts gebracht haben, befürchte ich beinahe, dass ich Heiligabend an meinem Campingtisch sitzen und Vokabeln pauken werde. Aber noch sind knapp vier Wochen Zeit.

Auf Tannenzweige werde ich verzichten müssen, und eine Palme ist wohl eher lächerlich. Freunde haben mir den Tipp gegeben, dass es in Jaffa, das arabisch geprägt ist, Christbaumschmuck geben soll und im Kibbuz Gänse.

Das werde ich die Tage auskundschaften.

Es fällt mir schwer zu verstehen, dass Israel das Ursprungsland von Weihnachten ist. Aber es ist interessant mitzuerleben, wie sich Christen auf das Weihnachtsfest, Juden auf Hanukkah und Muslime auf Eid al Fitr, das Fastenbrechen, vorbereiten.

Die Temperaturen liegen bei 25 Grad, vorhin war ich schwimmen. In meinem Hebräisch-Kurs habe ich zwei Mädels getroffen, sie wohnen auch im Studentenwohnheim und leben schon länger hier.

Ich umarme dich, du fehlst mir jetzt schon, Louisa

Von: Penelope

Datum: Dienstag, 2. Dezember, 11:03 Uhr

An: Louisa

Betreff: Wasser-Ratte

Hi,

wenn du mir noch mal schreibst, dass du im November ins Meer zum Schwimmen gehst, komme ich und verhaue dich. Wie gemein du doch sein kannst. Ich sitze hier im deutschen Nieselregen und du schreibst mir was von 25 Grad. Wenn es wenigstens schneien würde, aber nichts.

Grüße von Penelope

Von: Louisa
Datum: Mittwoch, 3. Dezember, 16:18 Uhr
An: Penelope
Betreff: Ich mache doch nur Spaß

Hallo,

okay, schon gut. Dann erzähle ich dir eben nicht, dass ich schon ganz schön braun geworden bin, dass das Wasser einfach herrlich ist und der Sand ganz warm und weich.

Ich kann nichts besonderes berichten, ein Tag ist wie der andere. Ich meine, es ist schon sehr verstörend für mich, diese pubertierenden Jungs mit ihren Maschinengewehren zu sehen, und überall gibt es Sicherheitskontrollen.

Du, ich habe dermaßen Lust auf Plätzchen bekommen, kannst du mir schnell ein Rezept mailen?

Gruß, Louisa

Von: Penelope
Datum: Mittwoch, 3. Dezember, 18:37 Uhr
An: Louisa
Betreff: Re (Ich mache doch nur Spaß)

Louisa, habe ich dir schon gesagt, dass ich dich hasse. Na gut, kleiner Scherz. Wegen des Rezepts gucke ich gleich. Sind Vanillekipferl okay? Ich rufe dich an und gebe es dir durch. Im Austausch hätte ich gerne ein israelisches Plätzchen-Rezept, gibt es so was?

Mach's gut, Penny

Von: Louisa
Datum: Mittwoch, 3. Dezember, 22:46 Uhr
An: Penelope

Hi,

das war schön, deine Stimme zu hören. Wir haben eine Gemeinschaftsküche, da werde ich mein Glück mit den Vanillekipferl versuchen. Mittlerweile habe ich Heißhunger auf Marzipankartoffeln.

Das Rezept, das ich dir anhänge, hat Talia mir gegeben, eine Kommilitonin. Mo'adim Lesimkha ist ein Neujahrskuchen. Ist vielleicht noch ein bisschen früh für Neujahr. Probierst du ihn trotzdem aus? Es kommen die landestypischen Zutaten wie Ingwer und Feigen rein.

100 g geröstete Haselnüsse, 100 g Mandeln, 200 g Rosinen, 100 g kandierte Kirschen, 50 g kandierten Ingwer, 50 g Feigen, 50 g getrocknete Pflaumen, 1 Päckchen Citrusback, 1 Päckchen Orangeback, 2 Eier, 5 EL mit Backpulver vermischtes Mehl, 7 EL brauner Zucker, 1 EL süßer Zitronensaft.

In einer großen Schüssel alle Zutaten bis auf den Zitronensaft und die Eier vermischen. Zuletzt Saft und Eier hinzufügen und solange rühren, bis man eine klebrige und dicke Masse erhält. Eine Kastenform mit Backpapier auslegen, die Mischung hineingeben und in einem vorgeheizten Ofen bei mittelstarker Hitze circa 45 Minuten backen. Wer möchte, kann den Kuchen mit Nuss- oder Schokoladenguss überziehen. Der Kuchen hält sich im Kühlschrank lange frisch. Man kann ihn auch einfrieren.

Gutes Gelingen, Tschüss, Louisa

Von: Penelope
Datum: Donnerstag, 11. Dezember, 8:02 Uhr
An: Louisa
Betreff: Alles klar?

Hi,

na, du lässt gar nichts hören. Alles klar bei dir?

Wie sind deine Plätzchen geworden, kann man sie essen oder sind sie steinhart?

Gestern bin ich in die Stadt gefahren, um die ersten Weihnachtsgeschenke zu kaufen. Ein Horrortrip. Dabei war ich generalstabsmäßig darauf vorbereitet, hatte mir eine Liste geschrieben, damit ich nur von Geschäft zu Geschäft gehen musste. Aber allein einen Parkplatz zu finden, hat mich kostbare Minuten meines Lebens gekostet. Danach bin ich über den Weihnachtsmarkt gebummelt. Ein bisschen hat mich das schon in

Stimmung versetzt, es hat so gut nach gebrannten Mandeln gerochen, so zimtig. Dann habe ich mir noch einen Glühwein gegönnt und einen Germknödel mit Mohn und Vanillesoße, lecker, sage ich dir.

Und bei dir, was gibt es Neues zu berichten aus dem Gelobten Land?

Grüße an dich, Penny

Von: Louisa

Datum: Sonntag, 14. Dezember, 16:11 Uhr

An: Penelope

Betreff: Tschuldigung

Liebe Penelope,

tut mir leid, dass ich mich so lange nicht gemeldet habe. Mir geht es jedenfalls bestens, es gibt keinen Grund, sich Sorgen zu machen. Ich will dich nicht unnötig quälen, aber das Wetter ist wirklich traumhaft. Aber ich kann das gar nicht so richtig genießen, denn mit Hebräisch tu ich mich schon ziemlich schwer, obwohl ich mich langsam daran gewöhne und nicht mehr so viel lernen muss. In den ersten Tagen habe ich jeden Tag vier Stunden Hausaufgaben gemacht. Ich lerne also erst drei Monate die Sprache, dann fange ich mit dem Studium an und auch während dessen muss ich weiter lernen, denn es ist Teil des Studiums, dass man ein gewisses Niveau erreicht, um wissenschaftliche Texte zu verstehen.

Manchmal ist es komisch, hier als Deutsche zu sein. Viele Leute haben ein großes Interesse an Deutschland, andererseits bekomme ich auch oft Kommentare zu hören wie: Ich würde niemals nach Deutschland gehen.

Ich freue mich, dass die Uni bald losgeht. Ich werde Kurse besuchen über die Gesellschaftsstruktur in Israel und über das Verhältnis Europäische Union und Israel.

Lass es dir gut gehen, Louisa

Von: Penelope
Datum: Mittwoch, 17. Dezember, 10:05 Uhr
An: Louisa
Betreff: Es schneit!

Louisa,

du wirst es kaum glauben, gerade fallen die ersten Schneeflocken dieses Winters. Wie schön. Ich sitze hier an meinem Schreibtisch im Büro, schaue aus dem Fenster und zähle jede einzelne Flocke. Du musst nicht gleich wieder schreiben, dass du am Strand warst.

Bekommst du auch langsam Weihnachtsgefühle? Nur noch sieben Tage bis Heiligabend.

Schöne Grüße, Pen

Von: Louisa
Datum: Samstag, 20. Dezember, 7:33 Uhr
An: Penelope
Betreff: Weihnachtsgefühle

Liebe Penelope,

du fragst nach meinen Weihnachtsgefühlen. Gestern Abend in den Nachrichten haben sie davon berichtet, dass Bethlehem auch dieses Weihnachten wieder belagert sein wird. Sie haben Bilder des Stalls gezeigt, eine Höhle, die in den Stein der Berge von Judäa gehauen wurde. Darüber erhebt sich die Geburtskirche. An Heiligabend werden nicht weit von der Kirche die israelischen Panzer stehen, Bethlehem wird abgeriegelt sein.

Gestern hat mir eine Studentin aus meinem Sprach-Kurs eine kleine Krippe aus Olivenholz geschenkt, sie steht auf meiner Fensterbank.

Deine Louisa

Weihnachten ist ...

... wenn das Backbuch mit den vielen Eselsohren und Fettflecken durchstöbert wird nach Plätzchenrezepten; wenn es fein duftet im Haus nach Zimt, Vanille, Nelken, wenn sich in den Keksdosen noch Kokosmakronen und Kipferl vom Vorjahr finden, steinhart inzwischen.

Frühlingsblüher

Rebekka hasste diesen Tag, alle Jahre wieder, der erste Samstag nach Dreikönig. Mit einem Lastwagen fuhren die Mädchen und Jungen von der Kirchengemeinde durch die Straßen ihres Ortes, sammelten die Christbäume ein und baten um eine kleine Spende für ihre Projekte. Sie mochte sich nicht von ihrem Baum trennen, nicht so schnell. Stets kam es ihr so vor, als hätten sie und Moritz, ihr Mann, nicht genügend Zeit mit ihm verbracht, lediglich diese paar Tage zwischen Heiligabend und dem ersten Samstag nach Epiphanias, dem Erscheinungsfest.

Wie oft, fragte sich Rebekka, haben wir die Kerzen angezündet (cremefarbene, die einen zarten Vanilleduft verströmten), uns auf dem Sofa eingekuschelt in die Wolldecke und den kleinen Flammen bei ihrem unruhigen Tanz zugesehen? Den Vogel aus Glas bewundert, der die Spitze der Tanne krönt, und die Kugeln, in denen sich das Licht so schön bricht?

Moritz gab sich am Weihnachtstag besonders viel Mühe, alles hübsch herzurichten. Heimlich hatte sie ihn dabei beobachtet, wie er sorgsam jeden Anhänger aus der Schachtel nahm, an einem Ast befestigte, ein paar Schritte zurück trat und sein Werk begutachtete, bevor er einen Platz für den nächsten suchte.

Rebekka fand die Mitteilung in ihrem Briefkasten, exakt vier Tage nach Heiligabend: *Christbaum-Abhol-Aktion: Am Samstag nach Dreikönig werden die Christbäume abgeholt. Stellen Sie ihre Bäume ab 8 Uhr an die Straße. Wir erbitten eine Spende von drei Euro pro Baum.*

Sie wollte den Zettel an die Pinnwand heften, als sie plötzlich inne hielt. Warum warf sie ihn nicht einfach weg, tat so, als fiele diese „Christbaum-Abholaktion" aus? Viele Winterabende könnten Moritz und sie noch behaglich zusammen auf der Couch sitzen, ihre edle Tanne bewundern und sich versichern, dass all die anderen Christbäume schön, ihrer aber tausend mal schöner ist.

Mit der Tageszeitung, etlichen Werbeprospekten und aufgerissenen Briefumschlägen wanderte der Zettel in die Altpapiertonne.

Es war Donnerstag, als Moritz beim Abendessen wissen wollte, ob schon ein Flugblatt von der Kirchengemeinde gekommen sei.

„Kirchengemeinde?" Sie strengte sich an, möglichst beiläufig zu klingen und fischte nach einer Gurke im Glas.

„Na, die Baum-Abholaktion, du weißt schon, was ich meine."

„Ach so, der Baum, nein, ich habe nichts gesehen." Die Jugendlichen, sicher werde es ihnen zu viel, die alten Bäume zu holen. Kommen doch kaum weg von Computer und Glotze und so.

„Aber irgendwie müssen wir den Baum doch entsorgen."

„Wie, entsorgen?" Sie war entsetzt über seine Wortwahl. Entsorgt werden vielleicht abgefahrene Reifen, zerbeulte Konservendosen oder Altöl - doch nicht ihr Weihnachtsbaum. Nun, die Feiertage seien vorbei, also müsse der Baum weg, befand er. Niemals, dachte sie. Niemals. Tief atmete sie ein, konnte förmlich den Tannenduft riechen.

„Er ist noch so frisch", sagte sie, „kaum eine Nadel hat er verloren."

„Du übertreibst. Wir müssen uns erkundigen. Ruf deine Eltern an, vielleicht haben sie eine Nachricht bekommen."

Freitagabend kamen sie gemeinsam von der Arbeit nach Hause, es war spät und längst dunkel. Das hatte sie nicht einkalkuliert: Die Nachbarn von gegenüber schleppten gerade ihre Bäume auf den Gehsteig.

„Siehst du, sie werden gesammelt, wusste ich es doch", sagte Moritz. „Wir holen gleich die Kisten für den Schmuck aus dem Keller, putzen morgen vor dem Frühstück den Baum schnell ab und stellen ihn raus. Vor 9 Uhr kommen die Jugendlichen sicher nicht vorbei."

Rebekka dachte angestrengt nach, wie konnte sie das jetzt noch verhindern.

„Becky, hörst du mir zu?"

„Sicher höre ich dir zu. Weißt du, ich bin unheimlich geschafft, ein Tag war das, ein Wahnsinn. Der Chef hat mich völlig kirre gemacht, nichts konnte ich ihm recht machen. Ich will noch schnell was essen, kurz in die Badewanne und nichts wie ins Bett."

„Ich dachte, wir machen zum Abschluss die Kerzen am Baum an, das haben wir doch immer gemacht." Moritz klang enttäuscht.

„Du hast recht. Haben wir überhaupt noch Kerzen?"

„Wenn du nicht willst ..."

„Doch, eine schöne Idee, wirklich."

Sie liefen die zwei Stockwerke von der Tiefgarage zu ihrer Wohnung hoch. Rebekka war zufrieden, Moritz war so ins Gespräch vertieft, dass er vergessen hatte, an die Kisten aus dem Keller zu denken. Während Rebekka das Abendessen bereitete, zündete er die Kerzen an.

„Du hast recht, Becky, der Baum steht wirklich noch gut da." Will ich meinen, dachte Rebekka. Und deshalb werden wir ihn noch nicht entsorgen. Es gab Spaghetti Carbonara, dazu eine Flasche Wein. Mehrmals stand Moritz vom Tisch auf und prüfte, ob alle Kerzen gleichmäßig abbrannten und nicht tropften.

„Nicht auszudenken, wenn der Baum am letzten Abend abfackeln würde", scherzte er. Rebekka hustete.

Es war weit nach Mitternacht, als sie endlich zu Bett gingen.

„Stellst du den Wecker?", fragte Moritz.

„Ach was, wir werden doch so oder so um 7 Uhr wach wie jeden Morgen."

Rebekka schlief unruhig in dieser Nacht. Immer wieder war sie hochgeschreckt und hatte verstohlen nach der Uhr geblinzelt. Kaum zu atmen hatte sie sich getraut, angestrengt auf Moritz' gleichmäßige Atemzüge gehört. Gegen halb zehn musste es gewesen sein, als der Lastwagen der Jugendgruppe durch ihre Straße fuhr. Weil es ansonsten in der Nachbarschaft sehr ruhig ist, war ihr das brummende Geräusch sofort aufgefallen. Gut gelaunt drehte sie sich um, gab Moritz einen Kuss auf die Wange.

„Wie wäre es mit einer Tasse heißem Kaffee und Croissants, Schatz?" Moritz sah nach der Uhr.

„Becky, um Himmels Willen, weißt du, wie spät es ist. Ich ziehe schnell die Jogginghose über, wir müssen den Baum abschmücken, die kommen sicher jede Minute."

„Oh, so spät." Tatsächlich gelang es Rebekka, überrascht zu klingen. Langsam zog sie den Rolladen hoch. „Schatz, ich glaube, die Bäume sind schon weg."

„Das ist nicht dein ernst. Wie werden wir nun das Ding los?"

„Ich mache Frühstück, dabei können wir überlegen." Schnell verschwand sie aus dem Raum, kaum konnte sie ihr Grinsen verbergen. Wunderbar, heute Abend würde sie etwas Leckeres kochen, das heimelige Licht der

Kerzen, sie würden ein bisschen Musik hören, leise plaudern. Wie romantisch.

An Silvester waren sie mit Freunden im Theater und anschließend bei Rebekka und Moritz zum Essen. Traditionell gab es Raclette mit allerlei Beilagen, zum Nachtisch Mousse au Chocolat und nach dem Essen mixten die Männer Cocktails, die mal mehr, öfter aber weniger gut gelangen. Als die Kirchturmuhr Mitternacht schlug, standen sie um den Weihnachtsbaum herum und ließen Wunderkerzen abbrennen: „Auf dass das neue Jahr ein gutes wird."

Die nächsten Tage und Wochen vergingen wie im Flug, Rebekka und Moritz hatten beide viel zu tun im Büro. Die Woche Skifahren in Österreich hatten sie sich redlich verdient, sieben Tage Sonne, Schnee und Pistengaudi. Die Bedingungen waren optimal, nachts schneite es, und wenn sie morgens aufwachten, war der Himmel wolkenlos und strahlend blau und der Schnee glitzerte in der Sonne. Sie hatten ordentlich Farbe bekommen. Keinen Mittag konnten sie widerstehen, sich mit einer Tasse dampfender Gamsmilch - ein Gebräu aus Milch und Rum, mehr wollte der Wirt sich nicht entlocken lassen - in den bequemen Liegestühle vor der Jause-Hütte zu dösen.

Samstags spät abends kamen sie aus dem Urlaub zurück. Nach der langen Fahrt, bei der sie in einen Stau geraten waren, waren sie froh, endlich Daheim zu sein. Moritz schloss die Wohnungstür auf, wuchtete den Koffer in den Flur und knipste das Licht an. Rebekka kam mit der Reisetasche hinterher. Ihr erster Blick fiel durch die Glastür ins Wohnzimmer: Ihr Christbaum hatte ordentlich Nadeln gelassen - und die, die noch an den Ästen waren, hatten sich in ein unansehnliches Braun verfärbt.

„Wie sieht unser Baum nur aus?"

„Der Baum sieht aus, wie ein Baum eben aussieht, wenn er wochenlang in trockener Heizungsluft in einem Topf voller Wasser steht, Rebekka." Moritz klang gereizt. „Die Frage ist: Wie werden wir das Ungetüm los. Wir können ihn schlecht in die Bio-Tonne stopfen. Oder bei den Eltern auf den Kompost werfen."

Vor dem Baum kniend, tastete Rebekka mit den Fingern in der Schale, ob noch Wasser drin ist.

„Du brauchst nicht gucken, ob er genug Wasser hat, dieser Baum braucht kein Wasser mehr."

„Ja, ist gut, du musst nicht gleich so grantig sein", schmollte Rebekka.

„Was heißt grantig. Wir haben den 3. Februar, wenn ich dich daran erinnern darf. Am 3. Februar hat kein Mensch weit und breit mehr seinen Christbaum im Wohnzimmer stehen."

Rebekka hatte keine Lust zu streiten. Nicht mehr heute Abend nach beinahe zehn Stunden Autofahrt.

„Wir reden morgen darüber." Übel gelaunt verschwand sie im Badezimmer.

Ein kleines bisschen hatte sie gehofft, über Nacht hätte sich dieses Problem von selbst gelöst. Hatte es sich aber nicht, die längst nicht mehr so stolze Tanne hatte höchstens noch ein paar Nadeln weniger an den Ästen. Mühsam las Rebekka sie von der Decke auf.

„Was machen wir nur?", wollte Rebekka kleinlaut wissen, als Moritz das Zimmer betrat.

„Das ist nicht so einfach. Der Baum ist immerhin knapp zwei Meter groß."

„Wir könnten ihn zersägen."

„Gute Idee. Auf dem Balkon vielleicht oder lieber im Schlafzimmer? In unserem Haushalt gibt es keine Säge, es sei denn, du willst, dass ich die an meinem Schweizer Taschenmesser benutze. Bis ich damit fertig bin, ist Weihnachten."

Zutiefst bereute Rebekka, ihrem Mann im Skiurlaub gestanden zu haben, dass sie mit großer List und Tücke verhindert hatte, dass der Baum abtransportiert wurde. Ein Glas Gamsmilch zu viel hatte sie getrunken, als sie da so erschöpft aber glücklich nach einem gelungenen Skitag an den bollernden Kamin in der Stube gelehnt saßen. Und dann war sie redselig geworden. Nun konnte Moritz sich seine spöttische Bemerkungen nicht verkneifen.

Am Nachmittag ging Rebekka einkaufen. Im

Blumenladen konnte sie nicht widerstehen und suchte sich ein hübsch geflochtenes Weidenkörbchen aus, in das zwei pinkfarbene Primeln, eine grell-gelbe Tulpe und eine himmelblaue Hyazinthe gepflanzt waren. Während sie darauf wartete, dass sie an die Reihe kam, schlenderte sie die Regale entlang: Da standen flauschige Küken, Hennen aus Stroh, Keramik-Hasen, die an Möhren mümmelten.

„Haben sie eine Idee, wie man einen Weihnachtsbaum entsorgen kann?", wandte sich Rebekka voller Zuversicht an die Frau an der Kasse.

„Einen was?" Die Verkäuferin kniff so seltsam die Augen zusammen. Rebekka zog es vor, zu schweigen und in ihrem Portemonnaie nach Geld zu kramen.

„Hohoho, der Frühling hat in der Weihnachts-Villa Einzug gehalten", lautete Moritz' Kommentar zu dem Gesteck auf dem Wohnzimmertisch.

„Moritz, wir müssen reden. Der Baum muss weg."

„Wohl war. Und?"

„Ich habe hin- und herüberlegt. Was hälst du davon, wenn wir ihn zum Waldfriedhof bringen. Heimlich. Also mitten in der Nacht. Eine Nacht- und Nebelaktion, wenn du so willst. Wir dürften uns natürlich nicht erwischen lassen. Aber was bleibt uns übrig. Ich weiß keine andere Lösung." Rebekka sprach hektisch, holte kaum Luft.

„Wie stellst du dir das bitte vor? Wir ziehen unsere schwarzen Hosen und schwarzen Rollkragenpullover an,

schultern den Baum und schleichen uns zum Friedhof?"
Jetzt musste Moritz doch lachen.

„Warum nicht. Aber bitte, wenn du eine bessere Idee
hast, ich werde mich nicht verschließen." Natürlich hatte
er auch keine bessere Idee.

Zwei Tage später, an einem Mittwoch (ein Wochentag
erschien ihnen weniger heikel) klingelte der Wecker sie um
2.30 Uhr aus dem Tiefschlaf.

„Bist du bereit, Bonnie?", murmelte Moritz
schlaftrunken. Sie hatten sich am Abend die Kleider parat
gelegt, tatsächlich schwarze Hosen und schwarze
Rollkragenpullover. Rebekka band sich die Haare zu
einem Zopf zusammen und zog sich eine Wollmütze tief
ins Gesicht.

„Du schaust echt aus, als würdest du gleich einen
Millionencoup landen. Vielleicht könnten wir
anschließend noch eine Bank überfallen, wenn wir schon
dabei sind. Und mit dem Geld setzen wir uns ab auf die
Weihnachtsinseln. Da wachsen nur Palmen, oder?"

Zum Lachen war Rebekka gar nicht zumute, sie fühlte
sich recht unwohl bei der ganzen Aktion.

Hinter ihr Auto in der Tiefgarage hatte Moritz den
Baum - viel war zwischenzeitlich nicht mehr von ihm
übrig - gestellt. Durch das Garagentor gingen sie auf die
Straße, gut 500 Meter bis zum Friedhof. Moritz hatte
Handschuhe besorgt; er packte den Baum vorne, sie

hinten. Es war stockdunkel und bitterkalt. Sie mussten am Waldrand entlang laufen. Rebekka zuckte zusammen, wenn sie im Gebüsch etwas rascheln hörte. Ein Auto mit Fernlicht kam ihnen entgegen.

„Was machen die Leute um diese Uhrzeit auf der Straße?"

„Was machen wir um diese Zeit auf der Straße?"

Kurze Zeit später waren sie am Friedhof. So unheimlich hatte es sich Rebekka nicht vorgestellt, hier nachts zu sein. Es war so ganz anders als an Allerheiligen, wenn auf allen Gräbern Lichter brennen, Leute sich leise unterhalten, Lieder gesungen werden. Todesstille, ging es Rebekka durch den Kopf, Grabesruhe. Am liebsten hätte sie kehrt gemacht. Moritz legte die Hand auf den Griff des schweren Eisentors, rüttelte – vergeblich, die Tür war abgeschlossen.

„Und nun?" Rebekka verließ der Mut. Moritz überlegte.

„Der Grünabfallcontainer steht doch hier gleich neben dem Eingang, stimmt das?"

„Ja."

„Ich hebe den Baum einfach über die Mauer und lasse ihn fallen. Das wird klappen." Beherzt schnappte er den Baum am Schopf und wuchtete ihn über den Zaun. Sie hörten, wie er auf der anderen Seite aufschlug, wie Äste brachen. Schweigend verharrten sie einen Moment. Dann liefen sie los. Völlig außer Atem kamen sie zu Hause an.

„Und?" Mehr konnte Rebekka nicht sagen.

„Und was?"

„Schlafen?"

„Schlafen."

Es dauerte eine ganze Weile, bis Rebekka zur Ruhe kam, ihre Gefühle schwankten zwischen Erleichterung und schlechtem Gewissen. Sie beruhigte sich: Täglich fiel kiloweise Grünschnitt auf dem Friedhof an, da wird es nicht auf ihren Baum ankommen. Der immerhin ein Christbaum war, etwas Heiliges, könnte man beinahe behaupten.

Beim Frühstück sprachen sie nicht über die nächtliche Aktion, nicht beim Mittagessen, zu dem sie sich in der Stadt trafen. Nach dem Abendbrot, kurz bevor die Nachrichten anfingen, sagte Moritz: „Eins nur, Rebekka. Gleich nach Ostermontag kommen die Hasen und Hennen in die Schachteln. Versprochen?

„Versprochen."

Weihnachten ist ...

... wenn auf den Friedhöfen die Gräber mit Immergrün, Stechpalmen und Mistelzweigen geschmückt werden, mit dicken Zapfen und vielen Lichtern, manches Bäumchen mit Schleifen und Kerzen, die die dürren Äste kaum zu tragen vermögen; wenn, geliebt und unvergessen, ein Junge dem Opa „O du fröhliche" singt.

Im Zweifel für den Angeklagten

Nellie Rabe stand vom Schreibtisch auf, ging zum Fenster, öffnete es weit und atmete ein paar Mal tief ein und aus. Vielleicht bildete sie es sich nur ein, aber sie fand, dass Schnee in der Luft lag. Am grauen Dezember-Himmel ballten sich die Wolken. Auf der anderen Straßenseite, im Astrid-Lindgren-Gymnasium, hatte gerade die Schulglocke geläutet: Weihnachtsferien.

Die ersten Schüler kamen aus dem großen Eingangsportal gestürmt. Zwei Mädchen umarmten sich, eine von beiden stieg in ein wartendes Auto, in dem wohl die Eltern und auf dem Rücksitz die jüngere Schwester saßen. Ab in den Urlaub, zum Skifahren, wie der Dachgepäckträger verriet. Die Freundin winkte ihnen nach. Eine Gruppe Jugendlicher stand in einer Ecke zusammen, wahrscheinlich überlegten sie, wie sie an Heiligabend am schnellsten von der Familienfeier wegkamen, um sich in irgendeiner Disko treffen zu können.

Zu gut konnte sie sich noch an ihre Schulzeit erinnern, daran, wie befreit sie sich stets gefühlt hatte am letzten Tag vor den Ferien. Nellie Rabe schmunzelte. Kaum zu Hause angekommen, hatte sie die Büchertasche in eine Ecke ihres Zimmers geworfen und die nächsten beiden Wochen nicht angerührt. Das hatte sich übel gerächt: ein Wurstbrot, das sie in der Mappe vergessen hatte, war langsam vor sich hingegammelt; es hatte ziemlich lange gedauert, bis sie herausgefunden hatte, was diesen ekelerregenden Gestank verbreitete.

Die paar Stunden würden auch noch vergehen, dachte Nellie und ließ sich mit einem Seufzer in den Bürostuhl fallen. Heute der Tag war schon so gut wie vorbei und morgen, an Heiligabend, wollte sie nur am Vormittag ein paar Stunden in die Kanzlei kommen, um eine Fristsache zu diktieren. Und dann viereinhalb Tage süßes Nichtstun. Wie gut es das Schicksal mit der arbeitenden Bevölkerung doch meinte: Auf die Feiertage folgte ein Wochenende.

Ihre Eltern hatten sich entschieden, auf Gran Canaria zu überwintern. So war Nellie am 24. Dezember bei Freunden zu Gast. Sie wollten orientalische Rezepte ausprobieren und stundenlang ausgiebig speisen bei Kerzenschein. Für den nächsten Tag war eine Schneewanderung geplant - sofern der Wettermann vom Nachrichtensender recht behielt und es tatsächlich weiße Weihnachten geben würde.

Keine nervenden Mandanten, denen die Scheidung nicht schnell genug über die Bühne ging, niemand, der von ihr im Knast besucht werden wollte, keiner, der gebetsmühlenartig bei der Seele seiner verstorbenen Urgroßmutter väterlicherseits beteuerte, niemals, wirklich niemals Frau Doktor, die rote Ampel überfahren zu haben. Keine Frage, sie liebte ihren Beruf. Liebte es, flammende Plädoyers auszuarbeiten, im Gerichtssaal zu stehen und das äußerste rauszuholen für ihre Schützlinge - aber genug ist genug.

An ihren letzten Urlaub konnte sich Nellie überhaupt nicht mehr erinnern, sie musste all ihre Kraft - und all ihr Geld - in ihr eigenes Rechtsanwaltsbüro stecken. Da war nichts mit Pulverschnee und Jagatee, nichts damit, der perfekten Welle auf dem Surfbrett nachzujagen.

Drei Jahre lang drehte sie jeden Euro zwei Mal, ach was, mindestens drei oder vier Mal um. Immerhin hatte es sich ausgezahlt, dass sie neben dem Studium als Kellnerin in einem Bistro gejobbt hatte, so konnte sie doch eine Menge zusammen sparen. Büromöbel, Telefon- und Faxanlage, Computer, Kopierer, sehr viel Geld hatte sie investiert. Kaum glaubte sie, alles angeschafft zu haben, ging das erste Teil schon wieder kaputt. Und jetzt? Nellie blickte sich zufrieden in ihrem Zimmer um: ihr kleines Reich.

Die Anstrengung hatte sich gelohnt, sie war stolz auf das, was sie mit ihren 34 Jahren geschafft hatte. Und ab und an, wenn Trixie, ihre liebe Freundin und Sekretärin, mit der Unterschriftenmappe kam, und sie auf der Zeile „Dr. Nellie Rabe, Rechtsanwältin" unterschrieb, überkam sie ein wahres Glücksgefühl.

Genug geträumt, Frau Rechtsanwältin, schalt Nellie sich, die Aktenberge werden nicht kleiner. Sie lehnte sich in ihrem Sessel zurück, legte die Füße auf den Schreibtisch, nahm die Akte „Schneider./.Rosseck" zur Hand und schaltete das Diktiergerät ein.

„Also Trixie, los geht's, der vorletzte Schriftsatz vor Weihnachten. In dem oben angegebenen Rechtsstreit melden wir uns für Herrn Dieter Schneider, den Beklagten. Wir beantragen, die Klage abzuweisen. Begründung: Die Klage kann aus verschiedenen Gründen keinen Erfolg haben. Zunächst ist nicht nachvollziehbar, warum ..."

„Verflixt und zugenäht."

Nellie drückte auf Pause. Durch die verschlossene Bürotür hörte sie aufgeregtes Stimmengewirr.

„Wie soll sich ein Mensch so auf die Arbeit konzentrieren können?"

Sie spulte ein kleines Stück des Tonbandes zurück, diktierte weiter, „... nicht nachvollziehbar, warum ..."

Erneut wurde sie von dem Lärm unterbrochen. Nellie klappte wütend die Akte zu, lauschte einen Moment angestrengt, um zu hören, um was es da draußen im Flur eigentlich ging. War Trixie nicht in der Lage, diesen aufgebrachten Mandanten vor die Tür zu setzen? Wohl oder übel, Nellie musste nach dem rechten sehen.

Forsch öffnete sie ihre Tür und ging mit großen

Schritten zum Sekretariat. Trixie und ein junger Mann standen sich gegenüber, beide rot im Gesicht, wild diskutierend und gestikulierend.

„Können Sie mich nicht verstehen oder wollen Sie mich nicht verstehen?", fauchte Trixie den Mann an.

„Fräulein ...", versuchte ihr Gegenüber einen Satz zu beginnen, da fuhr ihm Trixie schon über den Mund: „Kommen Sie mir nicht mit ‚Fräulein'."

Nellie glaubte, es handele sich um eine von Trixies Bekanntschaften, die sie über das Internet machte. Oft schon hatte sie Trixie davor gewarnt, sich mit wildfremden Männern zu treffen. Recht schnell verlor sie das Interesse, was schon so manchen der Kavaliere zur Weißglut gebracht hatte.

Sie wollte gerade umkehren, als Trixie rief: „Wie gut, Nellie, dass du kommst. Dieser junge Herr hier ..." - Trixie spuckte die Worte beinahe aus - „... dieser junge Herr besteht darauf, die Frau Rechtsanwältin persönlich zu sprechen. Mit ihrer Tippse mag er sich nicht abgeben."

„Kommen Sie mit." Nellie ging voran zu ihrem Büro, schloss die Tür hinter dem Mann, rückte ihm einen Stuhl zurecht und setzte sich ihm gegenüber.

„Also, was kann ich für Sie tun?"

„Sie erinnern sich nicht an mich?"

Nellie zog die Stirn in Falten. Sollte sie den jungen Mann etwa kennen und wenn, woher? Sie musterte ihn:

gepflegte Erscheinung, dunkle Jeans, offenes Hemd und Sakko, blondes Haar, hellblaue freundliche Augen, wacher Blick.

„Sie müssen entschuldigen ...", setzte sie an.

„Sie wissen tatsächlich nicht, wer ich bin?"

„Hören Sie, ich will nicht unfreundlich sein, aber Sie sehen es selbst: die Akten türmen sich auf meinem Schreibtisch, ich kann kaum noch drüber gucken, ich habe noch elend viel zu tun und morgen ist Heiligabend, bitte, keine Ratespiele."

„Bernd Fiedler."

War das, nein, das konnte er nicht sein. Oder doch? Bernie, Bernie-mein-Sohn? Saß er vor ihr? Jetzt erinnerte sich Nellie nur zu gut. Bernie-mein-Sohn war früh auf die schiefe Bahn geraten. Im Landschulheim hatten ihm so genannte Freunde den ersten Joint verkauft; was folgte war das, was Experten Drogenkarriere nennen. Irgendwann wurde Bernie festgenommen, schwerer Einbruch und Diebstahl. Viele Wochen und Monate saß Bernies Mutter bei ihr im Büro. Mit „Bernie-mein-Sohn" fing beinahe jeder ihrer Sätze an: Bernie-mein-Sohn ist ein herzensguter Mensch; Bernie-mein-Sohn hat aus Verzweiflung gestohlen; Bernie-mein-Sohn würde keiner Fliege etwas zu leide tun.

„Jetzt hat es doch Klick gemacht, stimmt's, Frau Rechtsanwältin", sagte Bernie Fiedler.

„Jetzt erinnere ich mich. Sie haben es ganz offenbar gepackt, das freut mich. Wie geht es Ihnen?"

„Seit beinahe 13 Monaten bin ich jetzt clean, das habe ich dem Sozialarbeiter zu verdanken, mit dem Sie mich im Gefängnis bekannt gemacht hatten, Dieter, wissen Sie noch? Ich bin verlobt, mit Angie, eine ganz liebe Frau, wir wollen heiraten und eine Familie gründen. Und ich habe einen Job, ich bin Haumeister." Es sprudelte nur so aus ihm heraus.

„Das sind tolle Nachrichten."

„Frau Rechtsanwältin ..." Bernie Fiedler kramte umständlich in seiner Manteltasche, er wirkte ein wenig verlegen. Dann zog er ein Bündel mit Scheinen heraus, das von einem Gummiband zusammen gehalten wurde. „Ich schulde Ihnen das noch."

Er legte das Geld auf den Tisch, sorgfältig einen Schein neben den anderen: einen hunderter, drei zwanziger, einen fünfer, zwei Euro und 80 Cent.

„167,80, ich habe die D-Mark umgerechnet in Euro, ist schon ein paar Tage länger her, dass die Rechnung offen ist."

Er strich sich die Haare aus der Stirn.

„Ich werde Ihnen das nie vergessen, Frau Rechtsanwältin, dass Sie einfach auf Ihr Geld verzichtet haben. Ich habe immer daran gedacht. Jedem im Knast habe ich erzählt, was für eine großartige Verteidigerin ich hatte. Nun habe ich also das Geld zusammen, ich habe gespart, Euro für Euro, alles ehrlich verdientes Geld. Und das ist für Sie."

Nellie Rabe war sprachlos. Natürlich wusste sie noch, dass sie damals zu Bernie Fiedlers Mutter gesagt hatte, sie verzichte auf ihr Honorar. Sie hatte es einfach nicht übers Herz gebracht, dieser Frau, die da mit tiefen Schatten unter den Augen völlig erschöpft vor ihr saß, weil sie bis spät in der Nacht von einem Büro zum nächsten fuhr um zu putzen, eine Abrechnung zu stellen. Vier Kinder hatte die Frau durchzubringen. Bernie war der älteste der Geschwister und saß im Gefängnis. Mit ihm hatte Nellie ausgemacht, dass er die Rechnung zahlt, sobald er das Geld verdient hat. Nie und nimmer hätte sie geglaubt, dass dieser Tag kommen würde.

„Das hätten Sie nicht tun müssen."

„Musste ich wohl. Sie haben an mich geglaubt, haben mir vertraut. Bekomme ich eine Quittung?"

Nellie lachte. „Selbstverständlich, Herr Fiedler."

Sie hob den Telefonhörer ab, wählte die Acht, Trixie im Sekretariat nahm sofort den Hörer ab. „Trixie, bringst du mir den Quittungsblock, bitte?"

Mit einem vernichtenden Blick betrat Trixie wenig später das Büro, knallte Nellie den Quittungsblock auf den Tisch.

„Bitte, Frau Rechtsanwältin."

Gewissenhaft füllte Nellie Rabe die Angaben aus, Bernd Fiedler, 167 Euro, 80 Cent, ihre Unterschrift, zuletzt das Datum. Sie hielt für einen Moment inne, dachte nach und schrieb: 24. Dezember.

Weihnachten ist ...

... wenn die Tage immer kürzer werden, wenn die Sehnsucht nach Sonne und Wärme wächst, wenn sie mit Tulpen- und Traubenhyazinthenknollen bekämpft wird, die sich in den Balkonkästen unter den Tannenzweigen so schön verstecken lassen bis zum Frühjahr.

Schneeflocken, handverlesen

All das ist Weihnachten.

Ende August braun gebrannt aus dem Sommerurlaub nach Hause kommen, einkaufen gehen und die ersten Schoko-Nikoläuse, zuckergussglänzenden Pfefferkuchen und Marzipankugeln in den Regalen entdecken - und wider besseren Wissens eine Packung Dominosteine kaufen.

Nicht vorbeigehen können an den süßen Engeln, ohne einen mitzunehmen, einen ganz kleinen nur, den mit dem hochnäsigen Blick, dem giftgrünen Kleidchen, den wehenden roten Haaren und dem funkelnden Stern in der Hand.

Die sorgsam unter Taschentüchern verborgene Geschenke-Liste aus dem Nachttisch hervor holen, sich einen Überblick verschaffen über das, was sich die Menschen, die man am liebsten von allen hat, das ganze Jahr über so gewünscht haben.

Tage, an denen es gar nicht richtig hell wird, Kuschelsonntage, Kerzen, große und kleine, das erste Licht am Adventskranz anzünden, die ersten Kartons mit Schmuck aus dem Keller holen, sich freuen, über den dickbauchigen Nikolaus und den Elch mit der Glocke an einem roten Satinband um den Hals.

Einen Weihnachtsmann aus Plüsch geschenkt bekommen, einfach so, einfach, weil jemand an einen gedacht hat, als er in der Stadt einkaufen war.

Im ärgsten Berufsverkehr eine Fahrkarte am Automaten für die U-Bahn lösen, mit zwei Jungs in der Schlange schimpfen über die Preiserhöhung, „Frechheit, das – und: Frohe Weihnachten."

Auf dem Flur Kollegen begegnen, die in jeder Mittagspause Tüten in ihre Büros schleppen und stets auf das Neue beteuern: „Jetzt ist aber Schluss, die Kinder haben eh schon genug."

All das ist Weihnachten.

Die Treppe im Bahnhof hochgehen und zwei junge Männer am Rand sitzen sehen, die sich Drogen spritzen. Nachrichten lesen, immer nur schlechte: über Reformen, die doch nichts reformieren, Terrorwarnungen und Terroranschläge, Unglücke, Menschen in großer Not und in großer Angst.

Lange Einkaufszettel und lange Schlangen an den Kassen, angerempelt werden, angeschnauzt werden, angenervt sein.

Auch das: Weihnachten.

Schneeflocken, zunächst handverlesen, dann immer mehr, Schneetreiben, Glatteis, Chaos.

An Heiligabend früh aufstehen, den Baum rausputzen, jede Kugel einzeln bestaunen als sähe man sie das erste Mal.

Kaffee, Kuchen und Geschenke, Abendessen und Geschenke, Kirchgang, stille Nacht.

Erinnerungen, schöne und schmerzhafte.

All das: Weihnachten.

Weihnachten ist ...

... wenn am Ende der Mitternachtsmesse der Küster eine Lampe nach der anderen ausschaltet, es langsam dunkel wird im Kirchenschiff und allen so feierlich zumute; wenn nur noch die Kerzen brennen, die Gemeinde „Stille Nacht" anstimmt und jeder, nachdem der letzte Ton verklungen ist, noch einen Moment verharrt, um unauffällig eine Träne in den Augen wegzublinzeln.

Nachwort

Ob ein Spieler eine Eins oder eine Sechs würfelt - Zufall. Oder ob beim Münze werfen Kopf oder Zahl kommt - auch das: der pure Zufall. „Jede Ähnlichkeit mit lebenden oder toten Personen ist zufällig und nicht beabsichtigt", heißt es meist im Nachwort zu Romanen. Soll heißen: Ereignisse und Charaktere sind der blühenden Phantasie des Autors entsprungen.

Und in diesem Buch? Glaubt jemand, sich, eine Eigenschaft oder eine Begebenheit wiederzuerkennen, es lässt sich vielleicht so erklären: Manche Geschichten kann man erfinden, manche aber auch finden. Fest steht: Es ist als liebevolles Kompliment gemeint. Alles andere – Zufall.

Kein Buch endet zudem ohne Danksagung. Mein ganz besonderer Dank gilt meinem Mann, dem keine meiner Ideen zu verrückt und keine Umsetzung zu mühselig ist.